KB201757

우연이 운명을 건넌다

황금알 시인선 315

우연이 운명을 건넌다

초판발행일 | 2025년 6월 17일

지은이 | 이우디
펴낸곳 | 도서출판 황금알
펴낸이 | 金永馥
주간 | 김영탁
편집실장 | 조경숙
표지디자인 | 칼라박스
주소 | 03088 서울시 종로구 이화장2길 29-3, 104호(동숭동)
전화 | 02)2275-9171
팩스 | 02)2275-9172
이메일 | tibet21@hanmail.net
홈페이지 | http://goldegg21.com
출판등록 | 2003년 03월 26일(제300-2003-230호)

*이 책은 2025년 제주문화예술재단 지원사업 후원을 받아 제작되었습니다.

우연이 운명을 건넌다

이우디 시집

황금알

아직도 그립다

꽃망울 옹알이하는 소리가
풋눈 두근대는 소리가

초승 달빛 뜸 드는 저녁은 와서

2025년 봄, 이우디

차 례

1부 우연이 운명을 건넌다

3부 서로의 따스한 안녕이 되어

1부

우연이 운명을 건넌다

봄, 보칼리제

가장자리 감 잃은
개울이
푸푸 푸푸
입술귀를 깨물며

연두로
연둣빛으로
나를

폴폴 폴랑폴랑
폴랑거리며
나 있는 곳으로
기다림 쪽으로

노랗게
더 노랗게
너는

오는 것이다

딱딱한 것이 보드라워지는 동안
한동안을 쓰며

깊어지는 것이다

예쁜 농담처럼

농담

우는 얼굴이 웃으며 지나간다

입이 막힌 영상을 보다가
봄이 죽은 소식을 읽는다

너머에서는 총알이 현관문을 열고 나갔다는 소식이 자
막으로 흐른다

아무도 없는 텅 빈 가게가 붐빈다
급발진한 말들이 꽃보다 붉다 개나리가 만발한 들판에
서 잠시 죽어도 될까 귀를 세우고 죽은 봄을 기다린다
오지 않는 얼굴을 미리 읽는다

웃으며 지나가는 얼굴이 화면을 가득 채운다

이 농담을 끝내고 싶은데 화약 냄새가 닫힌 문을 열고
들어온다 얼룩진 군복의 탈주병들이 우르르 쏟아진다
나를 겨냥한 말들이 앞발을 세운다 눈을 가린 나는 바람
에 올라탄다

14

나의 무게를 견디는 게 무엇인지 묻는다
　대답이 없다
　자연처럼 무안하지 않다

　오후 2시가 넘어서야 베일을 벗은 오늘을 아름답다 해
야 할까 외출하지 않는 날이란다 언제부터 법정 기념일
로 지정되었는지 나만 모르는 날이 웃으며 지나가는 걸
본다 혼잣말이 빅스비를 호출한다

　"우크라이나를 틀어줘"
　"헤네시 파라다이스 불러줘"

　이스라엘이 지나간다 냉담한 전쟁이 지나간다

　농담이 지나간다

이터널

도와줄 수 있습니까

말[言]과 말이 서로 할퀴고 때렸을 때 부서지거나
깨어진 조각들은
기억을 잃었습니다

사라진 것들은 어찌 되었습니까

눈짓과 눈짓이 깎아내린 표정들은 민들레 갓털처럼 사
방으로
흩어진 채
혀를 잃었습니다

꿈이 떠난 것도 몰랐습니까

바다 위 팔랑거리는 노란 나비의 처음 모르듯 다음도
모르고
고장 난 에어컨처럼
투덜투덜 하루를 탕진했습니다

끈적한 살 밑에 묻은 혼잣말은 둥근지 뾰족한지

저장된 기억 죽일지 살릴지
매장된 나는
버린 건지 버려진 건지

말이 버린 몸을 찾는 중입니다

어제 지우개로 지운 이터널 라인을 다시 퍼 올리는 것은
내일의 피가 굳이
당신 쪽으로만 흐르는 까닭입니다

발칙한 상상
— 쇼베 동굴벽화의 북소리

백일몽은 3만 년 전 주술을 입증한다
생생한 척
별빛이 별들의 불면 증명하듯

페티시즘은 얼굴이 없다

하이에나와 교배 중이던 친애하는 암사자의 신음 오직
출렁거릴 뿐

발가벗은 어머니의 어머니와
샤먼이 분만한 그리움과
감상적으로 발효된 그 쓸쓸함의 내력과

화석에서 피어오르는 정액 냄새는 불면의 방을 발설
한다

탄가루에 목이 멘 인연 한 잎 사뿐히
침묵을 뛰어오르는 것
꽃잠 든 사랑 깨워 반디빛 심장을 읽는 것

소란하지 않은 상징이지만
혈관을 뚫고 나올 듯 기세등등한 통점들

간헐천처럼 끓던 연애에 실패한 늙은 광인의 핏자국인
지도

무엇으로 와
몇 번이나 저 깊숙한 곳에 붉은 손자국 남긴 걸까

끊어진 실마리에 봉인된 전생의 손금 한 줄
오늘이라는 기착지에 그대

문득 와

내 심장 첩첩 파동이 인다

벚꽃, 한 잎 함수

꽃잎이 시야를 점령한다 수천수만의 눈 감은 날개들
활활 타올라 봄볕 갈피갈피 꽃빛이다
심장이 흘러내리면 꽃비에 젖는다

사월 멸치 떼보다 싱싱하던 당신

잊고 있던 봄꿈이 전해오는 안부이리라
봄빛 꽃빛 받아 든 한 겹 아자창에 꽃물이 흘러내리면
눈이 젖는다

기억을 사수 못 한 문장이 바람결에 자맥질하는 연분
홍 향기 물고 울컥,
흔들리다가 공중을 세다가
바닥을 구르다가
뱃가죽 찢겼는지 등이 헐었는지
춤꾼처럼
쓰린 몸 세우다가 발끝으로 돌다가
궁시렁궁시렁
굴렁쇠 습작하다가

풀썩,

하늘을 보면 넘치는 당신, 요약한다

눈꼬리에 홑잎의 궁리 대롱대롱
흔들리다가

톡!

23 아이덴티티*

인생의 반은 즉흥시다
누가 아무렇게나 내 심장을 할퀼 때
계획하지 않은 소금 한 주먹
훌뿌리며, 쉴 틈 없이 몰아치는 연주의 방식으로
꽃잎 틔울 때 너를 알아채지 못하면서

빛을 체험한 적 없지만
가끔, 불안은 꿈의 모서리에 입술을 대기도 하지만
삐뚤빼뚤 밑줄 치며 나를 실행하는 음표들
목에 걸린 가시처럼 숨 언저리 꽃으로 오는 너를
누가 누군지 알 리 없는

어쩌면 생은 가상의 악보에 피는 꽃일지도
연기처럼 사라지고 말 오늘을 연기하지만
불치의 밑동 자르면 나는 나를 걸어 나갈까

  폭 삭은 술 냄새, 분 냄새가 아랫목 접수하면 동지에
도 매화는 피어
  뼈만 남은 꽃잎은 걸레처럼 불쌍했다

타들어 가는 어머니 살 속에서 악을 쓰며 복제되던 모오리돌들
　눈시울 붉은 사연들은 아름답고 서늘했던가

　아버지 바람기 관을 써도 나는 물빛 곰팡이였을

　흑장미를 상상하는 계절의 근육은 고철 덩어리
　바람을 모르는 선풍기처럼

　존재를 증명하기 위하여 본체를 분해하면 터미널은 일시 정지

　불가능은 가능의 전조, 나는 영원한 나의 것이다
　허방 짚은 허구의 꽃말처럼

　* 미국 영화(M. 나이트 샤말란 감독)

흰 기억

비정기적으로 오는 기념일이다

열여섯 열아홉 사이 지나가 버린 첫 경험은 아릿한 우연

스물 스물다섯 사이 내 사랑의 인트로

예외적인 설렘 따라 흘러내린 카를교 위 희고 붉은 한 호흡

멀어, 기억할 수 없는

실패한 아름다움은 꽃의 질감 알지 못하지만

어떤 우연은 영화처럼, 운명

파릇한 봄 수긍하던 기억이 그리움을 시작하면

노을빛 꿈의 내부

눈부신 조명 아래 천사들의 춤사위 나를 증명한다

칼리오페가 읊조린 보랏빛 한 줄 시詩 더 좋은 나비 한
마리

흰 눈빛 하나로도 죽은 나무 허리께 연둣빛 부리 총총

우연이 운명을 건넌다

작고 가벼운 것은 왜 이토록 다정한 거니

그냥 흐르는 물은 없다
— shadow

바닥이 깨졌다

바닥에도 기울기가 있다는 것을 모르는 가면과 가면 사이

바닥이 일어났다

바닥은 얼굴이 없어서 슬픔을 잠시 잊은 가면과 가면 사이

의도하지 않은 바닥이 반사한 시월의 한숨, 들

농담 같은 이유가 왔고 바닥이 높아진 순간

하늘이 깨졌다

쏟아진 구름발이 새파랗거나 말거나 러브송이 흐르는 상점들은 먼 과거

우리가 사라진 오늘이라 더 서러운 이태원 골목의 상
징이 된

흰 피로 코스프레하는 눈, 꽃송이들

그림자가 깨졌다

있는 듯 없는 어느 날이 쏟아졌다

바람의 재발견

이 계절은 곧 이륙합니다

창마다 활짝 핀 꽃들의 주관은 무시
무단 침입 시도한 엄마는 미수

광고 수신 동의에 체크하고 무시한 나처럼
붉은 연지 비로도 치마가 무색한 엄마처럼

장밋빛 하늘 임대한 그들만의 세상은 냉정합니다
집 나간 상상은 아무것도 증명하지 못하지만

조형 MRI 검사 안내서에 사인하고 까먹은 어제처럼
전자레인지 가슴에서 터져버린 오징어 속살처럼

계절이 없는 여자는 객관적
달도 별도 외면한 난기류입니다

벙거지 깊게 눌러쓴 바람은 바깥만 애정하는 바람
돌아올 생각 없는 듯 환한 소문만 소복합니다

식탁 모서리 허울 벗은 아바타는 헐벗은 아버지

금이 간 여자는 계절의 식탁을 차립니다
화법은 하얀 침묵

밤이 내리면 이 계절은 회항하겠습니다

화학적 구속 그 아득한 수군거림

시작은 분홍이었다
시시한 저녁이 차린 쥐코밥상에 마실 오듯 별빛 하나
둘 내려앉을 녘
오늘을 고백하는 당신의 「편안한 요양병원」은 편안하
신가

오류가 생목에 이빨 꽂아도
엄마는 힘이 세다
자고 싶을 때까지 구시렁구시렁 버틸 것이다
그 앞에서 다시 엉엉 울어도 될 때까지 힘없는 시간에
깨물릴 것이다

오독은 대체로 맑음
스폿 뉴스 한 토막이 물 먹은 갯지렁이처럼 꿈틀대며
지나간다

요양병원 항정신병제 처방에 대하여, 가십 같은

불량한 삶은 나를 잊어야 아름다운 것

입에 커튼을 치면
입술에서 죽은 분홍이 운다

가을이 가을 같지 않은 2020년 9월

뉴스는 누구의 가슴도 책임지지 않는다
진실이거나 거짓이거나

썩어가는 씨알 속 풀씨는 지금 아프다
코르크 스폿에 감염된 사과처럼 얼룩얼룩한 어두운 생
의 비밀들

구속하고 싶은
귓가를 닦달하는 숨

하우스 오브 카드*

포도는 제가 보랏빛인 걸 알까?

매혹적이고 게다가 멀어 울고 싶지만
울 수 없어서 궁리 중이라지

할 수 있는 건 없지만 최선을 다해 울어볼 맘 하나,

이해를 구하는 것도 동의를 구하는 것도 아닌 그저
뙤약볕의 호의와 바람의 진심과
낙서하듯 어루만지는 비와
하얀 눈 껍질 속에서 우화하고 싶었을 뿐

호접몽에 취한 장자처럼
일곱 빛깔 끝머리에서 모든 구별 잊는 거라지

누군가의 포도가 되기 위하여 낡은 시간 지우고
새로운 시간 품어 안아
여섯 가지 빛이 마지막 뭉클 원하듯이

단말을 먼지처럼 뱉으며 탱글탱글 익어간 속말 궁금한
아침,

　　전설이 된 마스크 벗어 던지고
　　오늘을 누설한 난간에 턱을 괸 포도송이를 보네

　　포도의 말을 모르는 내가
　　포도의 눈빛에 홀린 내가

　　햇빛 등지고 적당한 거리 두고 혀를 자르는 것은
　　이달의 포도가 되는 거라네

　　까닭 없이 까다로운 먼 보라가 인생이라지만, 우리…

* 데이비드 핀처 감독의 2013년 미국드라마

백색왜성

10억 년 전 우리 만난 적 있지요

극도로 촘촘했던 태양의 밀도는 그리움이지요

이후 천억 년 동안 눈감은 적 없는 이

잘못 읽은 꽃의 기억 찾아오면 속눈썹을 떨어요

빛의 수의를 입고 부서진 태양의 둘레 맴도는
한때, 찬란했지요
시리우스의 희미한 짝별이기도 했던

운명이 다른 운명 간섭할 때 있나 봐요
그냥 끌림, 그런 적 없어요?

단발머리 집착하던, 향기 짙은 개운사 뒷길 아카시아
숲에선지
찬 달빛 내배는 오늘의 애월 벼랑에선지

물병자리 가슴에 떨어지는 별 한 잎
우리,
물고기 할래요?

무작정 폭발하는 슬픔은 당신, 착각일 리 없어요

그저 그런 나라서요 그럭저럭 나라서요

먼지를 허락한 당신이 신성을 꿈꾸면 나는 반성문을
써요

구멍 난 눈물을 써요 당신을 눈치채지 않으면서

카프카는 변신을 모의하지 않았다

창 너머 그녀가 뱉은 말들이 일렬횡대로 섰다
지나던 볕이 스치자 올 풀린 말들이 무릎을 접었다
조용히 소외되었다
농담이 창을 기어올랐다
눈알이 뜨거워지면 콧물이 흘렀고 꿈에서 깨어난 눈물
은
마스크를 비아냥거렸다

2020년 8월 편안한 요양병원 면회실을 느리게 흐르는
숨과 숨 사이

불행이 옥신각신했다
변명에 침을 묻히면 아무도 알아듣지 못했다
창 안의 말과 창밖의 말이 달랐다
탁자 위 새빨간 사과가 썩는 건 우연한 일
추방된 사람들이 북적거렸다
사과 썩는 냄새를 헤치며 하루를 뛰쳐나왔다

처음부터 아픈 계절을 살았던가

단단한 판도라 상자를 연 건 나, 였다

최선을 다해 들키고 싶었던 오늘의 급소는 이미 진 장
미보다 늙어 있었다

그레고르 잠자처럼
먼지가 되고 싶은, 당신처럼

악의 꽃*

악마의 키스는 유행이죠
사람은 죽어가는 중이고 플라스틱 달빛은 진지하고요

스팽글 속눈썹 깜박이며 목젖이 환하도록 깔깔대던
광장의 퍼포먼스는 섹시
높게 솟은 광대뼈 터치한 핑크는 도도
어떤 매력이 고통일 수도 있다는 건 아는 비밀이죠
보랏빛 아이섀도에 풀린 이슬처럼 퀭한

발가벗은 사람들이 얼굴을 지우자 일식이 초연되던
2020, 봄날

목 꺾인 꽃들은 좀비를 시작해요
서로의 눈에서 별들이 빛을 잃어가고 숨 틀어막으면
혀는 혀의 일을 잊고요 그런 아침은 어둠이고요
헛되이 목숨 건 가짜 뉴스 속으로
자박자박 멀어져 간 흰 목덜미 놓치고
흔들리는 불꽃의 시점일 때 우리 익숙한 것처럼 보이
지만

진심 없는 사과와 용서 없는 세계에서
우리 헤어지는 중이고
심장은 불길한 꿈속에서 완벽한 수평을 그어요

괜찮다며 괜찮지 않다며 어쩌면 괜찮다며

* 보들레르 시집.

줌 아웃

유희를 이해한 시작은 아름답다

의심 따위 모르는 내 안의 너처럼 싱싱하거나
달아오른 부케처럼 화사하거나

영혼의 깃털이 폴락이는 동안

심장이 주문한

아름다운 시편의 주인공이 되어
한 문장 속에 눌러 담긴 시월의 마지막 식사에 촛불을
켠

사람이 사람을 사랑한 그 거리에서

심연의 멱살을 움켜쥐고 아슬아슬
이태원 세계 음식문화 거리 언덕길을 견디며

압화 된

분홍의 명복을 빈다

열기가 사라진 축제는 불안하지만 여전히 진행형

검은 화지에 슬어 놓은 별빛처럼
자폐적 시험에 든 달빛처럼

기억의 조도 낮출 뿐

레드 와인 밖으로 걸어 나간 사랑스러운 마스크들의
밀월은

사랑한다는 한마디로 로그오프log-off

다른 삶 공모한 적 없는 태양의 완성은
긴급 뉴스 같은
일몰 한 잔 기울이는 것

죽어서도 산 기억이 눈물을 만든다

너를 생각하면 목젖이 아프다

너를 생각하면 목젖을 찢고 검은 구름이 자란다

한눈판 적 없는데 비가 엎질러진 밤, 덜 영근 꽃망울
터치고 가는 신경질적인 구급차 빛줄기 너머

너처럼, 나도
외로운 사람이다

쇼윈도 한 귀퉁이 중절모 안쪽을 울먹이는 마네킹처럼
잊힌 듯 잊히지 못한

너도, 양지꽃
나도, 양지꽃

마음속 나침판 좌표가 지목하는
너는, 이제
그리운 사람이다

2부

우연은 묽게 풀어진 운명인가요

열일곱 살

정면을 통과한 볼 붉은 소년과
흰 눈빛과 눈빛이 만나 분홍에 감염된

소녀

봄이 봄을 읽는 소리 화창한

늘 공중을 떠도는 바람 한 점과
반드시 사라질

그대

파랗게 번지는 푸른 기억의 교집합

말랑한 눈망울이 긍정한 그것은 유토피아
평생 꺼내 쓸 상냥한

한 줌 빛

즉흥적이고 찬란한 연둣빛 수혈하던 그 무렵

눈꺼풀과 속눈썹 사이
별빛 소나기

매혹적인 첫 키스에 깨진 봄 그대

열일곱 살

비상구

옥상이 아름다운 것은 비어 있기 때문이다

새벽 다섯 시 보랏빛 운동화 끈 질끈 묶고 1루에 진출한다 어제
도루에 실패한 미결 기획안 분주한데
만년 과장은 미로 속에서 하품 형식으로 파울을 선언한다

팀원들에게 링거라도 매달고 싶은 심정으로 집중하지만

변화구에 속고 스트라이크에 지고 볼넷으로 간신히 2루까지 그뿐
소문처럼 달려드는 병살타

길 잃은 퇴근 대신 야근하는 생일은 조금 슬프지만

제주 도립미술관에서 마티스를 만나고 싶었는데 삼진 아웃

예측 불가한 다음 대신 친구에게 전화한다
카톡 스트라이크존으로 보내 달라고

아름다운 별들의 노래 들으면서
다시 1루
생각하지만 골은 터지지 않는다

유일한 나의 종교 옥상은 하늘과 참 가까워서 좋다

아웃되지 않는다
새벽을 기다리며 새벽에 처박힌다

달빛이 편집된다 홈런이다

팀 회식은 춤과 함께
팀과 함께
미결을 모르는 옥상과 함께

아름다운 춤은 카피한다

사막 속의 작은 문장들

웃자란 행성 한 무더기 바다에 버린다

페이퍼 돌 드레스 벗어 던지고
그물 스타킹 발가벗기고

배꼽 아래 비명한
헛것의 곳집을 지나온 헛것

그리고 잊어버린

AI 기술 화려하게 휘두른 로봇의 마음 한 겹 떠내려온다

최종심에 오른 시詩처럼
폐쇄한 흥분이 사정한 것처럼

여운이 긴
이미 끝나버린 것이 된

자궁 하나 난소 둘 잠시 발광하는 마음 셋

말문은 열리지 않는다
샘플 같은 상처가 흘러내린다

돌아버린 게 확실한 세상과 이미 돌아버린 나와 그 무
엇 사이

문명한 무인도는 아름다운 게 될까

희디흰 달빛 한 채

지상의 문턱을 넘었다

마이너스 어둠을 배출한 삼색 고양이

누구나 탐내는

연하고 무른 배꼽의 세계

몸이 없다

새파란 눈빛이 있을 뿐

기적 같은 새벽은 확신할 수 없다

태어나지도 사라지지도 못한 것들을 위한

신들의 상냥한 주접이다

암 병동에서 만난 열아홉이라던 흰 달을 밴 아이의 이

마에 검은 별이 쓴 시 한 편

아이가 가고
아이가 오고

배꼽에 피어싱한 허공이 눈을 감는다

희디흰 달빛 한 채 고스란하다

청다색 진리

독을 마신 푸름의 과녁은 어둠을 스케치하는 젖은 눈

번지는 그리움으로 2% 더 짙어진 운명의 방파제에서
설렘이 미끄러지던 시절
중력을 거스르며 타오르던 한시적 촛불은
묻어둔 불씨의 일어섬이다

분열하는 천지문 청다색*

구름과 비라는 이름으로
화를 태운 촛농 한가득 입에 문 고민은
몽롱한 날들의 꿈
꽃잎의 시간 너머 생의 기둥은 자연한 검음이다

심연의 늪에 빠진 소년의 기다림은 봄

재를 물에 섞어 묽은 먹꽃이 탄생한 날의
임시적인 상식이 출몰하던 때
70년대 잦은 이탈은 필연

과연 재앙의 징표는 피눈물 난장이다

문 하나의 별 문 하나의 빛 문 하나의 두드림 문 하나
의 동감

슬픔을 포기하지 않은 달의 미소가
고백한 밤은
시적 밝음의 시점

영혼의 여백 어디쯤 서로의 눈물이 되어 줄까

* 윤형근, 〈청다색〉(1976~77), 천지문이라고 명명한 작품들

몸이 오늘을 피하지 못했을 때 물꽃이 피었다

해가 지면 멀미가 났다

달빛이 닻을 내린 눈시울에 안개꽃이 피면서 몸 안에 선 쿠데타가 일어났다

어제처럼 오늘이 지고 다시 오늘
좀처럼 속을 보이지 않는 내일처럼 가녀린 나뭇가지에 앉아 날아가지 않으면서 몸을 떠는 새
달빛이 새벽의 문턱을 넘을 녘
술이 풀린 건지 마음이 풀린 건지 그들은 두서없이 흔들리는 하나였고
폭풍우는 지나가지 않았다

병이 피는 건 순간이지만 속 다 쏟아버리고도 진 듯 만 듯 오래 들끓었다

진 꽃이 다시 꿈틀거렸다

멀어 더 지극한 것이 늙으면

한쪽을 위해서 다른 한쪽은 그 느낌을 끌어당겨요
왼쪽으로 숙으면 한쪽 눈이 젖는 것은
슬픔을 떠나보내기 위해 한쪽으로 모인 눈물 때문이고요
눈물이 마르면 눈의 표정 아름다운 것은
슬픔이 자리 비운 때문이지만

너무 먼

등이, 휘어요

분리 불안 장애

내 열아홉의 마지막 행은 떨어진 동백꽃을 베꼈다

붉은빛이 사라지기 전 바닥은 일어났다

부메랑처럼 돌아온 나는 아이러니

혈색이 미쳤다

요절한 새벽은 거듭 살아나 새를 토해냈다

부러진 초침이 꿈을 정리한다

심장에 박힌 시침이 오늘을 생각한다

공중에서 뛰어내린 새들이 아지랑이로 환생한 봄날

다음 곡은 구체적이지만 시작하지 못한다

분리된 나는 무릎이 너덜너덜해진다

나는 내가 미안하다

목적한 나는 싱싱하지만 상한 상상은 불안하다

이유를 클릭한다

열아홉이 전부인 나는 사랑을 단정 지을 수 있을까

내 안의 응급실

난간에 매달린 나를 구할 수 있을까

노트북*

첫눈처럼 와
잠시 머문 눈꽃처럼 너무 짧은 음악을 듣고

싱글 앨범 마지막 트랙을 지나는 꿈은 설정이다

빛보다 빠르게 어둠이 와
소울의 선율처럼 잔잔해진 숨결

풀어헤친 풋사랑을 이해한 고요 속
기억은
보랏빛 몽환에 빠진 포도처럼 클래식하다

미치는 게 쉬웠던 매력은 청춘의 기호

행간마다 과녁이었던 우리는 빛

탯줄을 감아 오른 가지마다
새는
먼나무 열매처럼 붉은 날을 산다던가

흐린 밤빛으로 와
서로
희게 변해가는 모습 지켜보는

달빛 통째로 훔친 고장 난 바다에서
무지개처럼 앨리가 돌아온 순간은 바람의 기적

조명을 끄고 트랙이 멈추는 순간
우리,로 시작하는 요람 위

강물처럼 출렁거리는 것은 그림자의 눈물이었다

* 닉 카사베츠 감독의 미국 영화(라이언 고슬링, 레이첼 맥아담스 주연)

첫눈을 읽으면 그리움이 무릎을 낮춰요

누가 설계한 커플 구름인가요

팬이라서, 단호하게 사라지는 그대라서 더 사랑하지만
무심한 자취 따라 희게 일렁인 적 있어요

구름의 집 떠나온 소년의 눈빛 키스 응원하지만 터무
니없이 무너지진 않을 예정이죠

우연은 묽게 풀어진 운명인가요

수줍음 너머 쨍한 눈빛에 스며든 순간 세레나데 흐드
러진, 기쁨의 혼례를 상상했어요

햇살 흘러내린 아침이 어떻게 황홀한지 까치발을 든
소원은 또 얼마나 싱싱한지

너무 멀리 간 특별한 몽상은 무죄예요

해리포터의 '호그와트 마법학교'에 입학하는 건 위험

한가요

　마법의 지팡이가 문득 깨어난 세상을 사랑해요

　생각이 남발한 오류와 오기 사이 보랏빛으로 물든 소
년의 무대가 좋았어요

　폐가 마루 밑 뒤척이는 강아지처럼 지루하게 침묵하는
캄캄한 오늘의 손목 아직 우울하지만

　블루스크린 가득 주광색 조명 따라 시공을 촉진하는
춤과 노래는 천사가 보내온 따뜻한 팬레터

　첫눈을 읽으면 그리움이 무릎을 낮춰요

　분리 불안이 천진하게 깔깔대요

미니멀리즘

사지를 발라낸 진담을 끓이는 저녁,
젤리 깔창 실내화를 신고도 바닥이 아픈 이유
알 듯 말 듯 솟구치는 말씨 따라 공중이 도는 이유

그리고 영원히 모르게 된 것들
무서운 꿈을 꾼 듯 거짓의 편에 선 속 검은 계절
멀미하는 꿈빛 그늘 뿌리치는 바람
코 높은 바람 불어도
어제 지나간 바람보다 더 높게 세운
콧바람 돌아도
진실이 어둠을 지울 수도 있다고,
갇힌 줄도 모르고 갇혀있는 우리 늦은 저녁

토사물이 강처럼 흐르는 것은
온 누리 가득 죽은 새가 소복한 것은

속눈썹 적시는 그 소리 고아 먹은 기억 탓일 건데 다시,

한 대접의 국을 먹었다

목련 꽃차

어디서 왔나요
얼마나 먼 곳이면 눈 한 번 맞추고 마지막 인가요
유언처럼 하얀빛은
어느 시점의 우주에서 온 건가요
낱장의 꽃잎 서술하는 진달래,
그 너머에서 숨 껍질 벗는 당신,
그 자리, 익을 만큼
익은 향기는 탄생해요, 가끔

에메랄드빛 바다를 머금은 하늘에서
냉수 먹은 구름이
투명 수채화 물감 찍긋 흘리는 날은
입안 가득 파도가 출렁, 꽃이 돌아오는 시간은
속눈썹이 씰룩거려요

입술은 봄

천만년 전의 당신을 마셔요
천만년 전의 빛을 발음하는 여기서

3부

서로의 따스한 안녕이 되어

그리운 것은 별도, 에 산다

별은 별 하나 이별은 별 둘

그래 더
반짝이는 너를

눈물 속에 메모한다

삶은 생각보다 더 다정한 물질

이윽고
숨은 불씨 너를

눈길 펼쳐 소지한다

아직 다 잊힌 건 아니지만

우리가
다시 하나 될 수 없기에

꿈을 적시는 독백

결국 울음을 그친 그 삶의 갈피

서로의
따듯한 안녕이 되어

밤하늘 저리 눈이 부시다

월식의 도입부

필 듯 저문 꽃처럼 비껴간
봄의 노래

일 년 아니 십 년에 한 번 그 따듯한 말투에 가 닿을
수 있다면
천 년 다시 천 년도 죽지 못할 터

달을 품은 허공 질투하는 오소소한 별빛의 트레몰로처
럼

우물에 빠진 달의 입술 기억하면 혀가 자랐다 나를 버
린 혀는 칡넝쿨처럼 뻗어 캄캄한 세계를 흔들고 있다 수
많은 이야기와 풍경이 춤을 춘다 온몸에 돋은 소름이 사
라진 순간이 있었다 우리를 봉인한,

소년의 배경은 달빛이었다 느린 듯 우아한 아르페지오
는 기억 속 골목을 밟고 지나갔다 신파 같은 신파는 아
닌 비극인 듯 비극은 아닌, 스크램블드에그를 조리하던
파스텔톤 소녀의 눈동자에 초록 숲이 등장한다 한 번의

포근한 느낌과 한 번의 화려한 기분과 사라져가는 메아
리와 맨발을 배웅한 풀잎의 눈초리와 그리고 사람, 사람
들

　단순하지 않은

화려한 외출

아버지를 잃은 아버지의 경로는 차단되었다

해바라기 달리아 포도나무가 있는
종로 3가

거기 어딘지는 아무도 모른 척한다

지하철을 타고 나무 울타리가 빙 둘러쳐져 있는 화원
에 다녀오는 길이라며 집 앞에서 본 고양이를 보았다는
거기 아무도 궁금해하지 않았다

검은 모자가 다녀간 빈집이 웃는다
오렌지 알맹이가 터지는 '쌕쌕' 음료를 마시면서 희게
웃는다

길을 잃은 혈당이 허공을 다녀온 순간은 '은하철도
999'에서의 철이가 아니라서 몰래 슬펐다 철이 옷을 입
은 어른이 웃는다

본 적 없는

존재를 생각한다

주삿바늘이 쓰다듬어도 나무토막은 아무 말 없다
한 차례 하품이 지나가자 나무에서 걸어 나온 사람은
나무의 말을 한다

응급실 침대에서 물결치는 소리 풀렁이지만 숲을 패러
디한 당신을 위해서 색체色滯 위에 짙은 베일을 쓴다

혈당의 좌표 확인한 신이 발을 신는 사이

생수병을 건넨다

에피파니

설령, 은 이미 부정을 염두에 둔다

부정 속에는 흘리고 온 기억들이 산다

기억 속 대설大雪 주의보 아마도 까만 분홍이었을 걸
거미줄에 걸린 한 끼니 나비처럼

그러니까

그때 간택된 한시름의 가변적 생각들은 여백으로 남아
재해석을 묻는 건가

가당찮은 역설이 퍼붓겠다

까만 거미 같은 사내와 흰 나비 응원하는 척 팔레트 칸
칸 색이 다른 물감 짜놓고 골라 쓰는 재미에 빠진 무중
력의 숲은 온통 오르가슴, 폭설이다

날갯짓은 당연하지 않았다

이월된 이율배반 사소하지 않은 것처럼

그때 그 시간 뭉텅 잘려나간 붉은 문장에 갇힌 기억이 기억을 잃은 지금

중간이 어중간을 넘어서지 못한들 재해석 불가한 천지간 붉은 꿈이었다

감당할 수 없으나 감당한 것을 알았다

반드시 아름다운 하나였음이 틀림없으니까

무효는 없다

청춘은 청춘의 자리 포기할 리 없으니까

인더섬*

오늘의 서랍이 불행하다 _ 키워드는 행복

금단의 무렵 당도한 단 한 번의 설렘은 이슬 맛
뜻밖의 붉은 와인
경계 없이 따뜻한 너를 닮은
하루의 이름은 영원

행간마다 질투가 난무하지만

다정한 구름 한 점 없이 흔들리는 고장 난 허공
우연은 무슨 맛일까
사과하지 않은 채 몸을 날린 사과 맛일까
탈색한 머리 핑크 보라로 물들인 딸기 맛일까

아름다운 무대 그리운 기억은 일곱 빛깔 무지개를 가
졌다

부담의 그늘 공유한 예술은 독한 맛
보드카 스피리투스(SPIRYTUS)보다 독한 입술 맛

바다 요정 세이렌의 억울을 고민하다 침몰한
일찍이 초기화된 아카이빙 거기, 오직 사람이 사는 곳

양떼구름 콘서트 하는 그 섬에 가고 싶다 _ 바람의 브
릿지와 훅 파고드는 파도 짜릿한

조난도 좋고
어제의 친구들과 하나 되는 건 행운
행복은 덤
우울은 안녕

보라 고래가 물 축포 쏘아 올리는 것은
2막을 시작하는 우리만의 방식

꿀보다 사랑이 흐르는 섬, 그곳에 간다

* 인더섬 with bts

적도에 핀 꽃

여우비를 마시고 저어새처럼 노란 번식깃이 돋는다
연애를 한 기억은 없다

종교가 된 골방에서 골목을 복제한다
골 아픈 골목을 잠시 잊는다

한 시간 졸다가 일 분여 빠진 수잠을 파고드는 상상
골방은 공방이 된다

드라큘라 시미아Dracular simia 향기가 골목골목 스며들
때까지 에콰도르의 밤은 계속된다

원숭이 얼굴에 드라큘라 이빨을 한껏 드러낸 여자는
산 빠블로san pablo 강물 소리 호출, 안개를 닦아내며 잊
은 듯 완전히 잊지는 못한 연애를 간섭한다

아무 리조트 물가 레스토랑에서 흠뻑 젖은 웃음 말리
며 새콤한 즙에 빠진 새우 세비체를 먹는다 앞에 앉은
얼굴이 저어새 부리처럼 보인다 튀긴 옥수수와 바나나

칩이 바닥나자 장면도 바닥난 이야기

　악몽 아닐 리 없다

　겨울을 끝장내고 싶은 맘 없단다
　기억을 잠그지 못한 후회 속에서 사철 성에꽃이 핀다
던 여자

　빛 한 줄 없는 벽을 편집한다

　사이렌 요란하게 실려 간 여자의 미소가 처음으로 붉
었다

플래시백

성장한 편견을 싣고 구급차가 지나간다
심장에서 먼 곳이 서쪽이다

불화를 끌어안고 불을 끈 자아가 질문 없이 떠난 날

미리 죽은 신들의 이름표를 목걸이처럼 건 몸은
막힌 숨 뚫지 못하고 병을 남발

여자는 여자를 포기한다

방방 곳곳 역류하는 것들
목구멍은 목구멍대로 귓구멍은 귓구멍대로
길을 잃은 지 오래

약 냄새가 흐르는 방은 멀미를 달고 산다
불안한 가슴은 타협하지 않는다

 발육이 좋은 의료기 소리가 한밤의 적막을 깨는 건 다
반사

잠시 휴업 중인 몸은
병실의 흐린 빛 속에서 평생을 쓰다가

치킨 수프를 먹다가

정상 비정상 경계에서 메지 체크 결과보고서를 북북
찢는다

육종의 파도를 넘어온
물집의 초상이
잘못 걸려 온 전화처럼 어이없지만

다행이다

중도에서 급커브를 튼 서쪽은 아직 먼가 보다

진눈깨비 공감적 이해

어딘가로 돌아가는 중이라면
인트로는 이런 것
습관처럼
춤추는 바람 한 점이 될 것이다
어떤 눈빛처럼
밤물 잦히듯 나를 삼켜버린
무엇
한계 없는 그것

사로잠근
그날

졸업하지 않은
기억의
가설이
돌아오는 거라고

최후의 만남과 작별 사이

한물간 꽃등같이
도려 빠진
저녁
딴 세상같이
빛 반 어둠 반 내통하는
모서리
거기
한계 없는 거기

마지막 혜택같이
나는

파란 하늘 흰 구름
허공을 읽는 새
이런
어울림이 좋은 거라고

갈길 아직 먼 이유가 된 거라고

탈고

이스트에 버무려진 살의 내력
빛에 베인 흠의 기분
비린내 감춘 물의 유통기한

옆구리 터진 교집합 외면하지 못하는 서로의 이유, 알
리 없다

가치 탕진은 각자의 모가치에서 일어난 일

비율에 실패한 제빵사가 겁 없이 부풀어 오르는 동안
죄를 사하지 못한 신부는 모든 걸 잊는다
역마살 낀 여행자는 알아도 모른 척 가던 길을 가는 시
늉만

저녁이 와도 안도할 마음 갈 곳 없어도

흘러내리는 살집 딱지 앉은 흠집 피 한 방울 없는 물집
너무나 원시적인 이들은 위험하지 않다

생이야 길든 짧든 세상은 가끔 분홍빛으로 몸의 난간 휘감은

퀸 엘리자베스 장미

수많은 헛, 집에 닿아 헛물을 봄 햇살처럼 들이켜도 사소한 시간일 리 없다

징조가 소복이 자라는 서쪽에서 문득
나를 탈고한다

운명이 늘어지게 하품하지만, 나는

한 뼘만 더 발전할 생각이다

종이비행기

진통제 먹은 계절이 명치를 버틴다
외진 곳에서 홀로 전봇대의
자세로
노을을 삼킨 눈알이 검은 물고기 표절하면
눈이 온다 자꾸 온다 자꾸자꾸 온다
불편한 표정으로 펄럭이는 새

눈이 오면 기억을 지우면 어떤 풍경은 바람을 견딘다
플라스틱 의자에 흰 머리 얹으면
금 간 화분 속 드라코는 울어도
악몽은 꿈이라고 말하는 입술에 키스를 날려도 될까
서쪽으로 가는 비행기

— 떴다 떴다 비행기 날아라 날아라

모르면 행복한 시절이었다
뒤통수를 맞으면 눈알이 빠졌다

어제를 설거지하면 꿈에도

꿈을 꾼다
발밑에 엎드린 각도로

— 날아라 날아라 멀리멀리 날아라

소녀의 잠

검붉은 사춘기와 내통한다

웅성대는 기억은 떠나보낸 적 없다

가시가 자라기도 전 꺾은 장미를 밟아버린 영상에서 악취가 난다

설정하지 않아도 부패는 자연스럽다

열아홉 소녀는 이제 춥지 않지만 한 장의 꽃잎은 날아가고 없다

생애 초기 실패한, 비공굿즈 같은 첫 경험은 죽은 분홍

첫새벽, 기사와 가시 사이 해독되지 않는 문장이 있다

어린 꽃빛 차용한 말들이 가지런하다

수천 년 동안 아프겠다

그런 방식 적당하지 않았다

밤빛에 물든 소녀가 웅얼웅얼 그날을 다 쓰고서야

사직 공원 달빛이 외출에서 돌아온 날

소녀는 소녀를 잊기로 한다

햇빛을 검색한다

시편을 잉태한 타래로 뜨는 달빛

이슈에 베팅하면

붉은 와인에 빠진 밤의 눈동자에 금이 가기 시작하고
곁을 지키던 노을이 모래 언덕의 십자가를 코스프레
하지
비상등 없이도 하늘은 고민 없이 찬란한데
길이 끊어진 곳에서 나무들은 한 번 돌아볼 뿐,

아름다운 것들은 거부할 수 없거든
빈 페이지의 탄식은 아까,를 상기시키고 선택을 강요
하지만
따뜻한 오후 한 시의 목소리를 생각하면 초침 소리 동
글동글해서
각질을 제거하듯 모든 게 쉬워지지

돼지고기는 안 먹으면서 김치와 어깨동무 해야 참신한
김치찌개처럼
열일하는 돼지의 감정 쥐뿔도 모르면서
그때의 기분 디자인하면 처음인 것처럼 감칠맛 나지

어젯밤 사라 페니패커 「팍스」의 주인공

소년과 여우를 웅얼대면서
　에코처럼 사라진 누군가 떠올리고 궁지에 물리기도 하
는 것처럼
　그러고도 멀리 번지기도 하는 것처럼

　오늘을 반사하는 0시, 조문은 사양할래

　너 없이 설레는 이유 몰라도
　서쪽을 등진 발자국은 구름보다 빠르게 사라지거든

　모른 척, 할 수 없는 것들이 이미 존재하는 버전

　이름을 불러줘
　나는 나를 긍정하는 소녀

녹턴의 반복

리듬을 지운 기억의 눈총 맞아 죽게 된 새에게
죽은 게 돼버린 나에게

너를 태운 복음 몇 줄 먹이는 꿈은 헛꿈일 리 없다

계수나무 애도하다 달에 갇힌 토끼처럼
낭만의 속살 버티다 버티다 낭만에 빠진 음표처럼

빛이 죽어버린 허공에 묻힌 날들의 벽화

토막 난 고요가 배달된 야밤중은, 생별 겹겹 순장한
음악은
외로움이 무료

달빛 머금은 보드카 한 잔에 취한다 높은 레를 누른다

그래 본 듯이 그래 본 듯이
그렇게 된 듯이

바이러스에 감염된 바람 불어와 흑백으로 재생되는 입술들

숭어리 꽃숭어리 태운 꽃몸 꽃가루
라임rhyme에 둘둘 감아 건너와 자꾸 건너와

마임mime 리허설하는 십이월

그래 본 듯이 그래 본 듯이
그렇게 된 듯이

오래 견딘 소녀가 쏟아진다

심장이 허밍 하는 동안

오로라를 사용하면 눈이 먼다
눈 속에 갇힌 슬픔도 덩달아 눈이 먼다
멀어도 안전하지 않아
아픈 사람들 지상의 서랍 속으로 숨어드는 사이

술에 취한 백야의 창을 밀면 빛은 대충 맑음
안쪽의 깊은 바다에 표류한 외로움은
취하지도 못하는데
게으른 심장 아랑곳없이 손키스 날리는 찔레꽃 향기
잠에 취한 바다가 한쪽 눈 찡긋 감으며,
미간 사이 우리의 안개를 써 내려간다

물이 물빛 발표하지 않아도
별이 별빛 발표하지 않아도

세상은 잠시, 침묵은 터키 블루

나의 기억 속에서 너는 길을 잃지 않는다

4부

별일 없이 만개한 그리움을 쓴다

비문

꿈 너머에서 꿈을 꾸다가
우연을 만나 편지를 쓴다

꿈인지도 모르고
운명인지도 모르고

다만 보고 싶은 기분 주렁주렁 매달려서

영영 올 것 같지 않은 어린 나를
안녕한 나를 쓴다

별일 없이 만개한 그리움을 쓴다

어기고 싶은 것들과 하지 말라는 것들 사이
별들이 술렁거린다

평생을 태운 긴 하루가 뒤척인다

허수아비는 꼭두각시가 아니다

이유는 모른다
어쩌다가 허공의 사지
혀를 태운 상한 바람에 묶였는지 기억에 없다
강요 아닌 척 강요한다

너만 잘하면 되는 거라고
새와 친하면 안 되는 거라고

들판의 작은 지청구 물결 환청으로 듣는다

결코 끼니를 재촉하지 않지만
산책을 바라 함부로 떠나지 않지만
수의처럼 걸친 크고 흰 남방 아래
들끓는 혁명

너나 잘하라고 해도 되는 거니
새는 친구라고 말해도 되는 거니

내 안의 처녀를 풀어 은빛 퓨전 바다 듣는다

우주*, 대체 불가능한

최초의 우주를 꿈꾸는 소년이 있었다

언제나 겨울이지만 해를 머금은 바람이 섞어 놓은 냄
새는 따뜻했고 달이 산란하면 별이 빛의 정원을 가리켰
다 불안한 상상 속에서 가끔 어둠 속으로 떨어지거나 넋
을 놓고 낯선 거리로 흘러들었고 꿈에 익숙해진

세상은 눈을 감은 것처럼 한밤중이었고 귀를 막은 것
처럼 적막했지만 처음 보는 사람을 서성이는 푸른 영혼
들의 노래는 서늘했다

사유를 잃어버린 별 하나의 나와 별 둘의 나와 별 셋의
나처럼 별 넷 별다섯 꿈을 꾼 적 없는 명랑한 소녀의 슬
픈 자폐처럼, 아무도 누구도 낯설고 당연하지 않은 날들
처럼

찢어진 그늘이 도발한 아름다운 고비를 지나
깊게 팬 볼우물이 고백한 삶의 신비를 지나

소녀의 생각은 떨어진 물방울처럼 크게 더 크게 사라
져 갔고
  막 산다는 것이 무언지 알게 된 여자는 여전히 우울하
지만

  푸른 숨 검은 숨 묽은 숨 짙은 숨 첩첩 숨빛 세계 속에
는 소녀의 꾼 적 없는 그리운 꿈이 있어

  나에게 가야 할 이유가 충분하다

  열어놓은 덧창 타고 들어 온 소나기처럼 주체 못 할 기
분 대충 몰라도
  돌아오지 않은 언어를 궁구하면

  대체 불가능한 기다림조차 집중할 수 없는 결론이지만
  동그랗게 말린 침묵 아직 끝나지 않았지만

  * 김환기 화백의 우주/ Universe 5-IV-71#200 / oil o canvas /
    254x254 / 1971

콜 포비아

통화중이다
다행이다

전선을 타고 들어온 벨 소리는 늘 공포다

누구에게든 시간을 쪼개야 할 때
수시로 예민해진다

수사는 꺼내지도 못하고 끝나버린 시처럼 경련하는 것
들

기억이 빛을 잃는다
간신히 받아쓴 문장이 퇴화한 날개처럼 멀고 아득하다

단절된다
기회는 언제나 단 한 번

목소리로 띄엄띄엄 이어서 쓴 시가 사라진 날에

별빛과 안개와
기록영화에서 본 듯한

표현할 수 없는 기묘한 것들이 삭제된 것

꿈이 꿈을 증명하지 않은 날에
목적이 길을 잃는다

모든 줄을 끊는다

응급실에서

한밤의 유희

그립톡 허리 세우고 지문으로 증명한 나는

객관화된다

눈꽃처럼 흩어지는 달빛 사이 오롯한 그리움

별들의 주소 뒤적거리다가

37년 전 스물아홉 윤미와 25년 전 마흔 하나 영지 사진

새가 되어 훨훨 날아간 애정 없는 그녀들의 남자

새로 돋는 외로움

이골이 난 기억 그예 또 파산한다

실핏줄 터진 꽃잎 타고 흐르는 레퀴엠 모른 척
쿠팡 이츠 달빛 소나타에 취한 척

백목련 허리 탐하는 생로랑 호퍼백이거나
줄장미 귓불에 밴 샤넬 No.5거나

미쳐야 산다는 듯이 무거운 장바구니 클릭 클릭

콜록대는 핑계

맥이 끊긴 밤의 행간 이미 암전

나는 또 나를 파양한다

레트로풍으로

그리움이 비처럼 내리는 날
협재 바닷가에서
수많은 물새 등 너머 누군가를 보다가

이유 없이 머금은 눈물 대신
안개 핀 눈 속으로 스며든 비양도처럼
물꽃으로 피는 누구를 읽다가

아득한 허공에 킹 파흐드 코즈웨이보다 긴 다리를 놓고

누군가의 근처 서성서성
기대의 적요에 빠진 나는

충고가 닿지 않는 유머나 받아 적는 거다

어스름에 쓰러져 하품하는 하늘
몇 번의 경고는 어쩜 아름다운 고백

빙하의 눈물 무시한 연극처럼 결함이 없다는 듯

이해 못 한 빛 발자국 뭉개진 별밭에 쪼그려 앉듯

고장 난 지구의 얼굴 외면한 채

뜨거워진 몸 연습하며
적당히 다정한 문체로

풋내기처럼 저 바다를 기다리는 거다

무중력 멀티버스 기웃거리며

채털리 부인의 정원에서

빗소리가 고이면 꽃잎이 번다
이런 밤은 가볍다

개인적인 두통이 만료되는 시간

호기심을 잃어버린 기억은 평면이지만
눈가에 맺힌 희고 붉은 체취 사뭇 입체적이다

직선이 변주한 청춘의 쓸모는 흩어지기 마련

지금 나는 무얼 하는 걸까

색이 빠진 환희와
나머지 유희 감당 못 하면서

여울진 붉은 정서 과하게 소비한 것을 눈치챈다

달콤한 눈물방울이여
가라앉은 꿈이여

환희의 들숨 날숨 사이

발생하지 못한 호흡의 거처는 어딜까

너보다 너를 좋아하는 나여
처음 사들인 문장이여

이 마음 세일하고 싶어라

켈로이드

우연히 만난 파로처럼 우연한 기억이 톡톡 터진다

찰나가 흐르는 길 위에서
영원, 이 어루만지는 손길에서

추운 기억 따뜻해지는 느낌이

작은 미소 큰 웃음으로 바꾸어준 물방울 속 천사를 증
명한다

외튼 상상 속에서
아물지 않은 상처에서
착하고 파란 싹이 돋는 방식

이미 지나간 생일을 불러와 치즈 케이크에 불을 켠다

너를 기웃거리면 계절을 잊은 듯이 눈이 와
기다린 듯이 혀에 돋는 너를 감각하다가

색 바랜 그리움 태운 바람의 말, 곰곰 아껴 씹는다

한 사람이 가고 한 사람은 남아

성인병에 좋다는 다이어트에 좋다는 파로로 밥을 지어 먹으며
푸른 얼굴로 천사 코스프레하며

노란 달빛 깔고 눕는 일

헤어진 다음 날이 소복하다

거절증

유효기간 벗어버린 그리움이 내린다
김빠진 맥주처럼 밍근한 눈이 내린다

타다만 소지처럼
빈 술잔처럼

시간의 봉분 사이로 흘러가는 것들

헐렁해진 사랑 눈치챈 듯 중지를 버린 반지처럼
꿈이 사라진 여자의 손목 외면한 팔찌처럼

말하자면 의식의 부재

죽도록 사랑한 기억 없는 이유로
다정하지 않은 액세서리가 되어 바닥을 전전한다

나의 한때

입안에서 사라진 것은 단지 감각을 잃은 혀

네게로 가는 말은 잊은 지 오래
널 기억하는 맛은 잊은 지 오래

우리가 온다면 다시 온다면 또다시 온다면

구석이 안쪽과 일치 그리하여 환한 날, 더러 있을 건가

버즈 아이

수채화처럼 웃으며 간다
모르는 미래처럼 스쳐 가는 나이 먹은 아이

이유 아직 붉은 건 기억이 녹아내린 통증 때문이야

벌지 못한 꽃 간절히 품고 가는 바람의 질주
노을 조각 복사한 나이 굳이 한창이라고

펄럭이는 새

노을 끝머리서 새벽을 히치하이크
새벽 끝머리서 내일을 히치하이크

스크래치 스크래치 이륙하는 스크래치

약지 걸은 약속 우주는 기억 못 해
사랑의 부고장 너머 만장 가득 꽃들의 수다

어차피 할 말만 해도 말의 기분 오해가 반인 거야

기분의 외곽에서 발생하는 말의 부리
생각의 쓰레기들 태우는 건 기분 좋은 오해

새는 말한다

딴말한 거잖아, 아무 생각한 거잖아
딴생각한 거잖아, 아무 말한 거잖아

모노크롬

무덤보다 조용한 침묵 업데이트한다

색 지운 기억은 위험하지 않다

대부분 실패의 언어
빛이 없는 그 날, 또 그날 재생해 보지만 재만 남은 계절

블라인드 열린 문 인지하지 못한 채 입장하는 거짓말

혼잣말하는 바람 불어와

당도 떨어진 염치 혼자 쭈글쭈글해진 에그 타르트를
먹는다

강박이 몸에 밴 해상도 낮은 나이 불구
아무렇지 않게 상냥한 혀

한여름 숨 막는 태양의 춤사위에 어깃장 네 컷 날린다

보안검색대 통과한 달빛은 차가운 투명
빈털터리가 목표인 듯 억지로 서러워진다

오늘의 닉네임은 네가락
빛은 차단하고 노래는 중절하고

민감한 귓불은 피투성이

아무것도 아니게 된 쓸모 아무것도 아니게 사라질 즈음

과분해서 좋은 것이 생겼다

화해

몸속 쓰레기통을 뒤적인다

비가 오잖아
빗소리처럼 듣는 건 누군가의 누구

꽃 궁 이미 빈 궁이어도
바이올린 연주처럼 섬세한 터치 열여섯의 봄을 짓고

손가락을 캐스터네츠처럼 콩닥콩닥
가위바위보 강박에 춤추는 개운사 뒷길 아카시아이파
리 소환
속도를 즐기는 상상 점프

별빛 시퀀스 꽃잎보다 붉어 푸념에서
과거가 돋아날 때
가슴을 휘젓는 비트 이미 균형을 잃은 후

마지막 순례는 재편성되어야 해

메디칼 드라마 레퍼토리 복사하듯 녹이 슨 팔다리 슬픔 너머 정형에서 암 병동까지 프리스타일링 방식으로 접지하고 미끄러지고 달그림자를 위한 굳은살의 그리움 추가 비용 요구하지만

원칙 이미 원칙 아닌 게 되었을 때 이울어진 각도로 너의 축은 오니까

시계 방향으로 회전하는 것 같지만 환상은 정상적이지 않아

리허설 없이도 완벽한 뒤적거림 별것 아닌 듯 떨어지는 별똥
착지하고 싶잖아

춤추는 낙화

애드립이 난무한다

궤의 시작점

가을장마가 떼창을 한다
어지간히도 속 썩이던 저 더위 한풀 꺾일까

조건 없이 보내온 너의 달빛이 온 세상 어루만지듯

술에 취한 신이시여, 하마
해는 중천
풀꽃의 풀꽃이 될 시간이라오

세상 모든 사물의 아우성에 불안 알레르기 정점이다

진물 흐르는 몸 벗어놓고 너의 마음으로 가려는데 꽃
들의 일몰 구경만 하고 오려는데 여름 끝물 빛잔치 하려
는데 머지않아 들꽃 뜨락 보고 오려는데 지긋지긋한 고
비의 기억 소지하고 오려는데

행복 투어가 꿈인데

남루는 일상이라 다정하지만

사랑은 잃어버린 꿈이라서 병인 거라

다시 아플 것 같은 예감 한 줄 지목하는 샛바람
필요하지 않은 존재 없다는 듯 껄껄

그깟 수시로 변하는 너들의 스펙쯤이야 사소한 일

허공 가득 투레질하는 먼지구름처럼
착지가 목표인 빗방울처럼

기린이 그리운 날은

바람이 분다
볼 붉은 꿈 복용한 바람이 분다

달빛이 돈다
화사한 기대 더듬던 빛 한 가닥이 돈다

터진 숨결 고르며
빛과 어둠의 경계에서 되새김하는 기분 한 컷

바람이
오로지 그대 덧댄 바람 한 줄이

그믐이
먼 길 깜박이던 불안한 생각 한 줌이

기다란 흰 목덜미에 무방비로 그려 넣은 입술 공감,
두 볼이 미어터진다

발정 난 숲에 소복이 내려앉은 외설

음화의 발언이

야릇한 체위로 산란하는 밤의 움막
방탕한 집착이

색기 흐르는 표정으로 저물어가는 밤의 눈빛 쓰담쓰담

작정 없이
불후의 바람 다 지나도록

그냥 돌아버린 계절 질척대는 그믐치처럼

눈꽃 설화

너는 와서 봄이다

나절가웃 몸 비우고 너는 가도 봄이다

기적인 듯이 기적이라고

하얀 가면 덮어쓰고 상상하는 풀들의 심장

이상한 것이 이상하지 않게 된 오늘 꽃이 없는 무질서
에 접속한다

우연을 좋아하는 하늘 더 가까운 아이에게 갈채를 보
낸다

아홉 살 설익은 소녀의 그리움이 터트린 코피 희고 묽
어서 열여섯이 되어 추가한 꽃빛 사실은 특별할 것 없는
보통이라서

찬란의 보편적 대열에 합류하지 못하지만

공평하게 공평하지 않은 세상이라서 눈물을 묻은 눈은 무덤이라서

　여분의 시간 재촉하지 않더라도 사위어 가지만

　숱하게 제안하고 무시당하고 아무것도 아니게 된 물집만 남은 순간 돌연 꽃이 핀 것

　나를 초기화한다

　흰 기적 한 송이 추가한다

해설

신神의 비밀로서의 우연과 그리움이 건축한 운명으로서의 삶

― 이우디의 시 세계

권　온(문학평론가)

1.

　　이우디라는 이름은 단순한 시인詩人의 이름이 아니다. '이우디'는 이번 시집의 출간을 계기로 특정한 시인의 이름을 넘어서 새로운 단계에 진입하게 되었다. 이우디라는 이름은 이제 그것 자체로 시詩가 되고, 음악이 되며, 예술이 되었기 때문이다.

　　시집『우연이 운명을 건넌다』가 독자에게 던지는 충격과 여운은 손쉽게 가늠하기 어려울 만큼 대단한 것일 수 있다. 무엇보다도 그녀가 시집 제목에 배치한 "우연"과 "운명"이라는 2개의 명사와 "건넌다"라는 동사는, 우리들에게 삶의 본질에 관해서 생각할 수 있는 소중한 계기로서 작용한다는 점에서 유의미하다.

2.

'이터널eternal'은 영원한 또는 끊임없는, 이라는 의미를 지닌다. 이우디는 '이터널'을 시의 제목으로 선택하여 제작하였다. 그녀가 제작한 영원한 이야기 또는 끊임없는 이야기의 현장 속으로 들어가 보자.

　　도와줄 수 있습니까

　　말[言]과 말이 서로 할퀴고 때렸을 때 부서지거나
　　깨어진 조각들은
　　기억을 잃었습니다

　　사라진 것들은 어찌 되었습니까

　　눈짓과 눈짓이 깎아내린 표정들은 민들레 갓털처럼 사방
으로
　　흩어진 채
　　혀를 잃었습니다

　　꿈이 떠난 것도 몰랐습니까

　　바다 위 팔랑거리는 노란 나비의 처음 모르듯 다음도 모
르고
　　고장 난 에어컨처럼

투덜투덜 하루를 탕진했습니다

끈적한 살 밑에 묻은 혼잣말은 둥근지 뾰족한지

저장된 기억 죽일지 살릴지
매장된 나는
버린 건지 버려진 건지

말이 버린 몸을 찾는 중입니다

어제 지우개로 지운 이터널 라인을 다시 펴 올리는 것은
내일의 피가 굳이
당신 쪽으로만 흐르는 까닭입니다

—「이터널」 전문

　이우디는 세계를 복합적이고 입체적인 방식으로 이해
하려고 노력한다. 그녀는 "말"과 "몸"을 함께 아우른다.
'언어'와 '육체'의 조화와 균형을 추구하는 시인은 '시간'
을 인식할 때에도 "어제"와 "내일"을 포괄하여 수용한다.
그녀가 지향하는 "하루"는 '오늘'이나 '어제' 또는 '내일'
일 수 있다.
　이우디는 이 시에서 "이터널" 또는 '영원'을 제시하는
데, 이와 같은 드러냄 뒤에는 '순간'이 위치한다. 또한 그
녀는 "당신"을 소개함으로써 잠재된 '나'를 환기한다. 그
리고 시인이 활용하는 "～습니까"의 반복과 "～지"의 반

복은, 이 시의 리듬감을 고양하고, 음악과 시의 자연스러운 만남을 추구한다는 점에서 기억할 만하다.

　　너를 생각하면 목젖을 찢고 검은 구름이 자란다

　　한눈판 적 없는데 비가 엎질러진 밤, 덜 영근 꽃망울 터치고 가는 신경질적인 구급차 빛줄기 너머

　　너처럼, 나도
　　외로운 사람이다

　　쇼윈도 한 귀퉁이 중절모 안쪽을 울먹이는 마네킹처럼
　　잊힌 듯 잊히지 못한

　　너도, 양지꽃
　　나도, 양지꽃

　　마음속 나침반 좌표가 지목하는
　　너는, 이제
　　그리운 사람이다
　　　　　　　　　　　　　　　─「너를 생각하면 목젖이 아프다」 전문

　시적 화자 '나'가 주목하는 인물은 "너"이다. 이 시의 제목을 참조하면 '나'는 "너를 생각하면 목젖이 아프다" '나'에게 '너'는 '아픔'으로서 다가온다. '너'가 '나'에게 괴

로운 감정, 정서, 느낌으로서 다가오는 이유는 무엇일까?

'너'와 '나'는 서로에게 매우 소중한 관계였을 것이다. '너'와 '나'는 서로 닮은 점이 많은 사람들이다. 예전의 '너'가 그러했듯이, 이제 '나'도 "외로운 사람"이다. 외로운 사람으로서의 '너'와 함께 했던 추억이 늘 좋았던 것은 아니지만, '나'에게 "너는, 이제/ 그리운 사람이다" '나'에게 '너'는 "잊힌 듯 잊히지 못한" 대상일 수 있다. 이우디는 '너'와 이별한 '나'의 마음을 "쇼윈도 한 귀퉁이 중절모 안쪽을 울먹이는 마네킹"에 비유함으로써, '외로움'과 '그리움'이라는 특별한 감정을 '나'와 '너' 모두에게 제공한다. "너도 양지꽃/ 나도 양지꽃"이라는 이 시의 5연은 '인간'과 '자연'의 소통과 교감을 아름답게 표현함으로써 현대 사회의 독자들을 위로한다.

비정기적으로 오는 기념일이다

열여섯 열아홉 사이 지나가 버린 첫 경험은 아릿한 우연

스물 스물다섯 사이 내 사랑의 인트로

예외적인 설렘 따라 흘러내린 카를교 위 희고 붉은 한 호흡

멀어, 기억할 수 없는

실패한 아름다움은 꽃의 질감 알지 못하지만

어떤 우연은 영화처럼, 운명

파릇한 봄 수긍하던 기억이 그리움을 시작하면

노을빛 꿈의 내부

눈부신 조명 아래 천사들의 춤사위 나를 증명한다

칼리오페가 읊조린 보랏빛 한 줄 시詩 더 좋은 나비 한
마리

흰 눈빛 하나로도 죽은 나무 허리께 연둣빛 부리 총총

우연이 운명을 건넌다

작고 가벼운 것은 왜 이토록 다정한 거니
―「흰 기억」 전문

　이우디는 이번 시집의 제목으로 "우연이 운명을 건넌
다"라는 문장을 선택하였는데, 그 문장은 시 「흰 기억」에
서 유래되었다. 우리는 이 시를 향한 시인의 남다른 기
대감을 어떻게 이해해야 할까?

'초인간적인 힘'이라는 의미를 품은 '운명'은 낭만적인 성격을 마음껏 펼치면서 사람들에게 다가선다. 이우디는 '우연'을 배치함으로써 '운명'을 극복하려고 노력한다. 그녀가 제시하는 '우연'은 "예외적인" 성격을 지닌 "비정기적으로 오는" 어떤 것일 수 있다. 어쩌면 시인은 과학이나 논리 또는 이성의 관점을 벗어난 '우연'에 의해서 '운명'이라는 이름의 정해진 길에 새로운 가능성이 발생한다고 믿는 것일까?

　이우디는 "기억"과 "호흡"에 "흰" "희고 붉은"이라는 색채를 덧입히는데, 이와 같은 독특한 색칠하기는 우연으로서의 운명 또는 삶을 살아가는 인간에게 잊을 수 없는 "인트로" 또는 "첫 경험"일 수 있다. 우연과 운명의 조화를 담은 최초의 기록으로서의 시가 이렇게 탄생한다.

　　　정면을 통과한 볼 붉은 소년과
　　　흰 눈빛과 눈빛이 만나 분홍에 감염된

　　　소녀

　　　봄이 봄을 읽는 소리 화창한

　　　늘 공중을 떠도는 바람 한 점과
　　　반드시 사라질

130

그대

하얗게 번지는 푸른 기억의 교집합

말랑한 눈망울이 긍정한 그것은 유토피아
평생 꺼내 쓸 상냥한

한 줌 빛

즉흥적이고 찬란한 연둣빛 수혈하던 그 무렵

눈꺼풀과 속눈썹 사이
별빛 소나기

매혹적인 첫 키스에 깨진 봄 그대

열일곱 살

　　　　　　　　　　　　—「열일곱 살」전문

　이번 시 「열일곱 살」은 앞에서 살핀 시 「흰 기억」과 연결되는 측면이 적지 않다. 이우디는 「흰 기억」에서 "열여섯 열아홉 사이 지나가 버린 첫 경험"을 언급한 바 있는데, "열일곱 살"은 시인이 제시한 '첫 경험'의 시기와 정확하게 일치하기 때문이다.

이우디는 이 시에서 "소년"과 "소녀"를 등장시키고, 그들 사이의 "기억의 교집합"을 복원한다. 시인은 '열일곱 살'의 젊은 남녀를 통해서 인생의 "봄"을, "첫 키스"를, "유토피아"를 형상화한다. 그녀가 이번 작품에서 표현하는 '청춘'의 '연애' 또는 '사랑'은 "반드시 사라질" "그대"라는 어구와 어우러지면서 독자들에게 강렬하게 다가설 수 있다. '필멸必滅'의 존재로서의 인간에게, '사랑'은 '영원永遠'을 경험할 수 있는 순간이기 때문이다.

옥상이 아름다운 것은 비어 있기 때문이다

새벽 다섯 시 보랏빛 운동화 끈 질끈 묶고 1루에 진출한다 어제
도루에 실패한 미결 기획안 분주한데
만년 과장은 미로 속에서 하품 형식으로 파울을 선언한다

팀원들에게 링거라도 매달고 싶은 심정으로 집중하지만

변화구에 속고 스트라이크에 지고 볼넷으로 간신히 2루까지 그뿐
소문처럼 달려드는 병살타

길 잃은 퇴근 대신 야근하는 생일은 조금 슬프지만

제주 도립미술관에서 마티스를 만나고 싶었는데 삼진 아
웃
　예측 불가한 다음 대신 친구에게 전화한다
　카톡 스트라이크존으로 보내달라고

　아름다운 별들의 노래 들으면서
　다시 1루
　생각하지만 골은 터지지 않는다

　유일한 나의 종교 옥상은 하늘과 참 가까워서 좋다

　아웃되지 않는다
　새벽을 기다리며 새벽에 처박힌다

　달빛이 편집된다 홈런이다

　팀 회식은 춤과 함께
　팀과 함께
　미결을 모르는 옥상과 함께

　아름다운 춤은 카피한다

―「비상구」 전문

　다양한 흐름의 이야기가 공존하는 시가 여기에 있다.
하나의 흐름은 "팀"과 관련된다. "만년 과장" "팀원들"

"퇴근" "야근" "팀 회식" 등의 어휘는 '팀' 계열을 이루면서 '직장인'의 애환哀歡을 노래한다. 다른 하나의 흐름은 '야구'와 관련된다. "보랏빛 운동화 끈" "1루" "도루" "파울" "변화구" "스트라이크" "볼넷" "2루" "병살타" "삼진 아웃" "스트라이크존" "아웃" "홈런" 등의 어휘는 '야구' 계열을 이루면서 야구장의 현장감을 제공한다.

흥미롭게도 '팀' 계열의 어휘와 '야구' 계열의 어휘는 서로 다르지만 닮았고, 서로 분리되면서도 접속한다. 2연 3행의 "만년 과장은 미로 속에서 하품 형식으로 파울을 선언한다"라는 진술에는 직장 생활의 어려움이 '야구'라는 이름의 유머 또는 위트로 해소되고 있기 때문이다.

이번 시에서 주목되는 또 하나의 흐름은 '아름다움'과 무관하지 않다. 우리는 1연의 "아름다운 것"과 7연의 "아름다운 별들의 노래" 그리고 12연의 "아름다운 춤"을 읽으며, '아름다움'을 향한 이우디의 강렬한 지향을 확인한다. 시인은 이제 보기 드문 '탐미주의자'가 된다.

필 듯 저문 꽃처럼 비껴간
봄의 노래

일 년 아니 십 년에 한 번 그 따뜻한 말투에 가 닿을 수 있다면
천 년 다시 천 년도 죽지 못할 터

달을 품은 허공 질투하는 오소소한 별빛의 트레몰로처럼

　우물에 빠진 달의 입술 기억하면 혀가 자랐다 나를 버린 혀는 칡넝쿨처럼 뻗어 캄캄한 세계를 흔들고 있다 수많은 이야기와 풍경이 춤을 춘다 온몸에 돋은 소름이 사라진 순간이 있었다 우리를 봉인한,

　소년의 배경은 달빛이었다 느린 듯 우아한 아르페지오는 기억 속 골목을 밟고 지나갔다 신파 같은 신파는 아닌 비극인 듯 비극은 아닌, 스크램블드에그를 조리하던 파스텔톤 소녀의 눈동자에 초록 숲이 등장한다 한 번의 포근한 느낌과 한 번의 화려한 기분과 사라져가는 메아리와 맨발을 배웅한 풀잎의 눈초리와 그리고 사람, 사람들

　단순하지 않은

—「월식의 도입부」 전문

　이우디는 시詩라는 이름의 오케스트라를 이끄는 탁월한 마에스트로이다. 그녀는 이번 작품에서 다채로운 어휘를 포괄하면서 풍성하고 심오한 시적 음악을 연주하고 지휘한다.
　시인이 제공하는 이야기는 첫째, '시간'의 영역에서 펼쳐지는데, "일 년" "십 년" "천 년" "순간" 등의 단어는 구체적인 사례가 된다. 이우디가 제공하는 두 번째 이야기는 '음악'의 영역에서 전개되는데, "트레몰로" "아르페지

오" 등의 단어는 이를 입증한다. 그녀가 건네는 세 번째 이야기는 '인간'의 영역에서 펼쳐지는데, "소년" "소녀" "사람" "사람들" 등의 단어는 대표적인 예시가 된다. 시인이 선택한 네 번째 이야기는 '자연'의 영역에서 전개되는데, "월식" "달" "달빛" "별빛" "꽃" "봄" "초록 숲" "칡넝쿨" "풀잎" 등의 단어는 이를 증명한다.

　이우디가 제안하는 어휘 중에는 "혀"와 "이야기"가 있는데, 그녀의 '혀'에서 흘러나오는 '이야기' '말' '언어'는 '시'가 되고, '노래'가 되고, '음악'이 된다. 요컨대 가장 높은 순도의 '예술'로서의 '시'를 구현했다는 점에서 시인의 '시'는 한국시의 모범이 되는 셈이다.

　　　꿈 너머에서 꿈을 꾸다가
　　　우연을 만나 편지를 쓴다

　　　꿈인지도 모르고
　　　운명인지도 모르고

　　　다만 보고 싶은 기분 주렁주렁 매달려서

　　　영영 올 것 같지 않은 어린 나를
　　　안녕한 나를 쓴다

　　　별일 없이 만개한 그리움을 쓴다

> 어기고 싶은 것들과 하지 말라는 것들 사이
> 별들이 술렁거린다
>
> 평생을 태운 긴 하루가 뒤척인다
>
> ―「비문」 전문

이 시에서 이우디가 주목하는 대상은 작품의 제목이기도 한 "비문"이다. 그녀가 선택한 '비문'은 아마도 '비문碑文' 곧 비석에 새긴 글일 것이다. 무덤 앞에 세우는 돌로서의 비석에는 어떤 글이 새겨져 있을까? 일반적으로 '비문'에는 죽은 사람의 신분, 성명, 행적, 자손, 출생일, 사망일 따위가 기록된다.

시인은 인간의 삶과 죽음, 어떤 인물의 인생 또는 일생에 관해서 이야기한다. 이 시의 7연인 "평생을 태운 긴 하루"에는 "어린 나" 또는 "안녕한 나"를 향한 "그리움"이 충만하다. 이우디에 의하면 우리들의 삶은 "꿈"처럼, "우연"처럼, "운명"처럼 흘러간다. 그녀는 "별일 없이"의 '별'과 "별들"의 '별'을 섬세하게 구분하는 언어의 마술사이다. 시인이 작성하는 "편지"의 언어는 별처럼 빛나는 '시'가 되는 것이다.

> 유효기간 벗어버린 그리움이 내린다
> 김빠진 맥주처럼 밍근한 눈이 내린다
>
> 타다만 소지처럼

빈 술잔처럼

시간의 봉분 사이로 흘러가는 것들

헐렁해진 사랑 눈치챈 듯 중지를 버린 반지처럼
꿈이 사라진 여자의 손목 외면한 팔찌처럼

말하자면 의식의 부재

죽도록 사랑한 기억 없는 이유로
다정하지 않은 액세서리가 되어 바닥을 전전한다

나의 한때

입안에서 사라진 것은 단지 감각을 잃은 혀

네게로 가는 말은 잊은 지 오래
널 기억하는 맛은 잊은 지 오래

우리가 온다면 다시 온다면 또다시 온다면

구석이 안쪽과 일치 그리하여 환한 날, 더러 있을 건가
                                  ―「거절증」 전문

이우디가 이번 시집에서 지속적으로 주목하는 마음 또

는 감정으로는 '그리움'이 있다. 그녀는 시 「비문」에서 "그리움"을 소환하였고, 시 「너를 생각하면 목젖이 아프다」에서는 "그리운 사람"을 생각하였다.

시인은 이번 시 「거절증」에서도 "그리움"에 주목함으로써, 누군가를 향한 또는 무언가를 향한 간절한 마음을 피력한다. 그녀가 선택한 '그리움'은 "김빠진 맥주"나 "빈 술잔"과 연결되면서 독특한 개성을 형성하고, "사랑"이나 "꿈"과 엮이면서 현실의 피로를 극복할 수 있는 계기가 된다.

이우디는 "시간"과 "기억"이 구성하는 "의식"의 시소 seesaw를 탐으로써 '그리움'을 실천한다. 그녀는 9연에서 '너'를 향한 "말"과 "맛"을 제시함으로써 '그리움'을 감각적으로 구현하고, 10연에서 '너'와 '나'의 조화가 이루는 "우리"를 꿈꾼다. 독자들로서는 시인이 9연과 10연에서 제안하는 "잊은 지 오래"의 반복과 "온다면"의 반복을 확인하면서 작품의 마무리인 11연의 "환한 날"을 기대할 수 있을 테다.

바람이 분다
볼 붉은 꿈 복용한 바람이 분다

달빛이 돈다
화사한 기대 더듬던 빛 한 가닥이 돈다

터진 숨결 고르며
빛과 어둠의 경계에서 되새김하는 기분 한 컷

바람이
오로지 그대 덧댄 바람 한 줄이

그믐이
먼 길 깜박이던 불안한 생각 한 줌이

기다란 흰 목덜미에 무방비로 그려 넣은 입술 공감, 두
볼이 미어터진다

발정 난 숲에 소복이 내려앉은 밤의 외설
음화의 발언이

야릇한 체위로 산란하는 밤의 음악
방탕한 집착이

색기 흐르는 표정으로 저물어가는 밤의 눈빛 쓰담쓰담

작정 없이
불후의 바람 다 지나도록

그냥 돌아버린 계절 질척대는 그믐치처럼
　　　　　　　　　　　　　　—「기린이 그리운 날은」 전문

필자는 시「비문」에서 "별"을 섬세하게 구분하는 이우디의 면모를 보면서 '언어의 마술사'라는 규정을 내린 바 있다. 이번 시「기린이 그리운 날은」에서도 언어를 섬세하게 다루는 시인의 지향은 지속된다.

　이우디는 '말'의 미세한 차이를 활용하여 독자에게 시 읽는 즐거움을 제공한다. 그녀가 제공하는 '말'의 차이는 발음이나 발성 또는 어감과 관련된다. 가령 이 시의 제목 중에서, "기린이"와 "그리운"의 조합에서 이를 확인할 수 있다. 우리는 비슷하면서도 미묘하게 다른 '언어'를 감각하면서 시 읽는 맛을 깨닫는다. 4연과 5연에 제시된 "한 줄이"와 "한 줌이"의 조합 역시 언어의 차이를 활용한 유사한 사례가 되고, 여러 차례 등장하는 "바람"에도 주목할 만하다. 여기에는 공기의 움직임으로서의 '바람'과 간절한 마음으로서의 '바람'이 혼재되어 있기 때문이다.

　시인은 이 시에서 "발정" "외설" "음화" "체위" "색기" 등의 단어를 제시하기도 하는데, 이와 같은 어휘는 제주의 아름다운 풍광과 어우러지면서 에로티시즘의 미학을 구현한다. 이우디가 추구하는 시의 본령에는 '언어'와 '성性'이 조화롭게 위치하는 셈이다.

　　　너는 와서 봄이다

　　　나절가웃 몸 비우고 너는 가도 봄이다

기적인 듯이 기적이라고

하얀 가면 덮어쓰고 상상하는 풀들의 심장

이상한 것이 이상하지 않게 된 오늘 꽃이 없는 무질서에 접속한다

우연을 좋아하는 하늘 더 가까운 아이에게 갈채를 보낸다

아홉 살 설익은 소녀의 그리움이 터트린 코피 희고 맑어서 열여섯이 되어 추가한 꽃빛 사실은 특별할 것 없는 보통이라서

찬란의 보편적 대열에 합류하지 못하지만

공평하게 공평하지 않은 세상이라서 눈물을 묻은 눈은 무덤이라서

여분의 시간 재촉하지 않더라도 사위어 가지만

숱하게 제안하고 무시당하고 아무것도 아니게 된 물집만 남은 순간 돌연 꽃이 핀 것

나를 초기화한다

흰 기적 한 송이 추가한다

—「눈꽃 설화」 전문

시인이 집중하는 대상은 "너"이다. '너'는 "아이" 또는 "소녀"일 수 있다. "아홉 살"이거나 "열여섯"일 '너'는 "봄"이나 "꽃"과 연결된다. 인간의 삶은 "우연"처럼 다가온 "기적"일 수 있다. 때때로 사람들이 "그리움"에 눈을 돌리게 되는 것도 '우연'과 '기적'으로서의 인생을 수용하기 때문이다.

이우디에 의하면 사람들은 "이상한 것이 이상하지 않게 된 오늘" "공평하게 공평하지 않은 세상"을 살아가고 있다. 그녀에 따르면 우리는 "꽃이 없는 무질서" 속에서 진정한 "봄"을 기다리고 있는 중이다. 2025년의 대한민국은 언제쯤 진짜 '봄'을 맞이할 수 있을까?

3.

이우디의 시집 『우연이 운명을 건넌다』를 점검하였다. 그녀는 시와 시조를 아우르는 시인이고, 제주의 자연을 자신의 언어와 문장으로 녹여내는 시인이다. 이우디는 시집 서두의 '시인의 말'에서 "아직도 그립다"라고 진술한다. 그녀에게 내재한 보고 싶어 애타는 마음은 어떤 것일까?

이우디의 이번 시집은 '그리움'이라는 이름의 마음에 관한 감성적인 기록일 수 있다. 그녀는 이 시집의 도처에서 '그립다' '그리움'과 연결된 심경을 표출한다. 가령 「비문」이나 「거절증」에서의 '그리움'이나 「너를 생각하면 목젖이 아프다」에서의 '그리운 사람', 「기린이 그리운 날은」에서의 '그리운 날' 등은 이에 대한 구체적인 사례가 된다.

이우디의 시집 제목은 '우연이 운명을 건넌다'이다. 어쩌면 그녀는 '운명'으로서의 '인생'을 회상하면서 '우연'의 결정적인 역할을 생각했을지도 모른다. 아인슈타인Albert Einstein은 다음과 같이 언급하였다. "우연은 신이 익명으로 남기는 방법이다(Coincidence is God's way of remaining anonymous)." 아인슈타인의 견해에 동의할 수 있다면, '우연'은 '신'이 남몰래 행사하는 방법이 된다.

필자는 이번 시집에서 전개되는 이우디의 시 세계를 이렇게 규정하고 싶다. 신神의 비밀로서의 우연과 그리움이 건축한 운명으로서의 삶. 시인은 독자들에게 안내한다. 인간의 삶에는 신의 내밀한 손길이 담겨있고, 삶은 우연과 운명이 뒤섞인 각본 없는 드라마이다. 독자들로서는 이우디가 써 내려갈 앞으로의 시 세계에도, 드라마로서의 삶에도 지속적인 관심을 기울일 일이다.